어머네와 아부제

―온 세상 어머님과 아버님께 드리는 献诗

한국 학술정보출판사

어머네와 아부제

[차례]

머리시

김승종

오늘도
시점은 끝점을 낳고
끝점은 시점을 잉태하는...
한찰나,
모두들종당엔 저기저―
침묵하고 있는 높은 산아래
한자락 자그마한 "산"이 되련만!

무루(无漏)의 한 극(极)에서
한냥짜리 될가?...
천만억냥짜리 될가?...

―벗님네들, 무사함둥...

首头诗

金胜钟 诗/ 金基哲 译

今天也
始点衍生終点
明天也
終点孕育始点的…
一刹那
所有人終将成为
千年不语的大山下
一抔小小的"山"

在无漏的一个维度上
究竟做一两？…
还是做仟万亿两？…

~伙伴们，无恙乎…

조선말시 두수

새벽

김승종

어머님
어머님
어머님은
남들을 위한 종을
그렇게도 그렇게도
수천만번 수천만번 쳐주셨소이다...

어머님
어머님
어머님은
자신을 위한 종을
단 한번도 아니 치시고 아니 치시고 가셨소이다...

어― 머― 님―

하늘

김승종

아버님
아버님
아버님은
남들을 위한 하늘
그렇게도 그렇게도
수천 수만 자락 성스럽게 성스러이 펼쳐주셨소이다...

아버님
아버님
아버님은
자신을 위한 하늘
단 한자락도 아니 갖고 아니 갖고 가셨소이다...

아— 버— 님—

晨钟

金胜钟 诗/ 南永前 译

妈妈

妈妈

妈妈呀

您为别人的晨钟

那样执着地敲了

数千万次数千万次

妈妈

妈妈

妈妈呀

您却从也未

为自己敲过一次

就那样地走了

妈妈呀一

撑天

金胜钟 诗/ 南永前 译

爸爸
爸爸
爸爸呀
您为别人撑天
那样执着那样真诚
撑了数千万片天

爸爸
爸爸
爸爸呀
您却从也未
为自己撑过半片天
就那样地走了

爸爸呀一

拂晓

金胜钟 诗/ 白水 译

母亲
母亲
母亲您啊
平生敲响了那么多次
为我们敲响了那么多次
那么多次的钟

母亲
母亲
母亲您啊
不曾敲响一次
为自己却不曾敲响一次
然后悄然告终

母亲

天空

金胜钟 **诗**/ 白水 **译**

父亲
父亲
父亲您啊
为我们撑起天空
平生为我们撑起那么多
一片片天空
每一片都是那么至诚的天空

父亲
父亲
父亲您啊
末了却未带走一片云彩
带走一丝丝只有自己知道的
心痛

父亲

清晨

金胜钟 诗/ 朱霞 译

母亲

母亲

您为了他人敲钟

敲了那么多

敲了那么多

几千遍 几万遍...

母亲

母亲

您不曾为自己敲过一次钟

一次也没有

一次也没有

就走了...

母一 亲一

蓝天

金胜钟/ 朱霞 译

父亲
父亲
您为了别人
展现了那么多那么多的蓝天
展现了
几千片 几万片
神圣的蓝天…

父亲
父亲
您不曾为自己带走一片蓝天
没带走一片蓝天…

父一 亲-

黎明

金胜钟 诗/ 金基哲 译

妈妈

妈妈

妈妈呀

您为别人敲响过

无数次

无数次的钟

妈妈

妈妈

妈妈呀

您为自己的钟

竟然一次也

没敲响过

没敲响过

就走了

妈˜ 妈˜ 呀˜

天空

金胜钟 诗/ 金基哲 译

爸爸

爸爸

爸爸呀

为别人的天空

如此圣洁地

圣洁地

精美装扮

爸爸

爸爸

爸爸呀

从自己的天空

连一丝一缕

都没拿着

就走了

爸～ 爸～ 呀～

写给母亲

金胜钟 诗/ 许东植

母亲
记得
过往里的每一个清晨
在您所鸣响的钟声中
信步到来

母亲
还记得
您只勤于迎来他人之晨
未曾为自己鸣响过晨钟

母亲
母亲啊
我深知您永远是一位鸣钟人…

写给父亲

金胜钟 诗/ 许东植 译

父亲
在我之记忆里
您之一望天宇
只会扬起无言深情
并编写着圣洁之故事

父亲
在我之记忆里
您之一望天宇
那般深邃那般浩瀚
但您未曾带走一小幕
把它全然留给了我

父亲
父亲啊
今日我还在仰望您之一望天宇

曦

金胜钟 诗／ 洪君植 译

娘
娘
娘
你为别人敲了
无数次的
钟······

娘
娘
娘
你为自己一次都没有敲
就走了······

娘一， 啊一

穹

金胜钟 诗/ 洪君植 译

爹

爹

爹

为他人的天空

铺开铺开了

神圣地铺开……

爹

爹

爹

从没为自己的天空

连一丁点儿都没拿

就走了……

爹—，啊—

晨天

金胜钟 诗/ 韩永男 译

妈妈

妈妈

妈您

为别人敲了仟万遍

数仟万遍的钟…

妈妈

妈妈

妈您

为自己

只一点叹声

也没出过…

母— 亲— 啊—

晨空

金胜钟 诗/ 韩永男 译

爸爸
爸爸
爸您
为别人把蓝天
那么无微不至的
无微不至的擦亮了…

爸爸
爸爸
爸您
为自己
只一点点空间
也没留过…

父- 亲- 啊-

凌晨

金胜钟 诗/ 靳煜 译

母亲
母亲
母亲
您几十年如一日
为他人敲响晨钟
成千上万次
雷打不动

母亲
母亲
母亲
您惟独没有
为自己敲过钟
哪怕只有一次
就驾鹤西去

母-亲-

24

父爱的天空

金胜钟 诗/ 靳煜 译

父亲
父亲
您就像
辽阔的天空
心胸宽广　厚德载物
为他人撑起了一片天

父亲
父亲
父亲
您就像
辽阔的天空
心怀他人　惟独忘了自己

父-亲-

黎明

金胜钟 诗/ 黄英华 译

母亲
母亲
母亲
您为他人敲响过
仟佰万次
仟佰万次的钟…

母亲
母亲
母亲
您为自己
哪怕一次都未敲响过
未敲响过钟…

母亲－

天空

金胜钟 诗/ 黄英华 译

父亲
父亲
父亲
您如此诚恳地
诚恳地开启了
他人的天空…

父亲
父亲
父亲
您为自己
都不曾带走一个片
一片天空…

父亲-

黎明

金勝鐘 詩/ 文林(臺灣)譯

媽媽

媽媽

媽媽

您為別人做奴隸

那樣

敲响了很久很久数千萬次…

媽媽

媽媽

媽媽

您為自己做奴隸

一次也沒敲响，就走了…

啊，媽媽一

天空

金勝鐘 詩/ 文林(臺灣)譯

爸爸

爸爸

爸爸

給別人的天空

那樣

成千上萬的聖潔被你賜予了…

爸爸

爸爸

爸爸

您為自己而上的天空

連一片手指都沒有帶走，還是帶走了…

啊，爸爸－

钟

金胜钟 诗/ 金永泽 译

母亲
母亲
母亲
您为他人敲响了
数千数万的钟…

母亲
母亲
母亲
但是，您没有敲响
一次也属于自己的钟…

啊-，我的母亲~

天空

金胜钟 诗/ 金永泽 译

父亲
父亲
父亲
您为他人画上数不尽的
五彩斑斓地天空…

父亲
父亲
父亲
但是， 您没有画上
一幅也属于自己的天空…

啊-， 我的父亲~

凌晨

金胜钟 诗/ 金堅 译

母亲啊
母亲
您曾经
为别人敲打过
成仟上万次
成仟上万次的钟…

母亲啊
母亲
而您都
从未为自己
敲打过一次钟
就那么悄然离去…

母- 亲- 啊-

蓝天

金胜钟 诗/ 金坚 译

父亲啊
父亲
您曾经为别人
那么神圣地敞开
圣洁无比的蓝天--

父亲啊
父亲
而您都
从未拥有过
属于您自己的一片蓝天
就那么悄然离去--

父- 亲- 啊-

黎明

金胜钟 诗/ 安生 译

母亲！
母亲！
母亲！
您为我们敲响过
仟万次
仟万次的钟…

母亲！
母亲！
母亲！
您从未敲响过
未敲响过
您自己的钟…

母亲-

天空

金胜钟 诗/ 安生 译

父亲！
父亲！
父亲！
您如此诚恳地诚恳地
开启
我们的天空…

父亲！
父亲！
父亲！
您从未带走一片
一片
属于自己的天空…

父亲—

拂晓

金胜钟 诗/ 黄春玉 译

母亲
母亲
我亲爱的母亲
您鸣响了报晓钟声
为的是他人，为的是他人
那么虔诚，那么执着
数千次，数万次…

母亲
母亲
我思念的母亲
您从未鸣响报晓钟声
因为是自己，因为是自己
那么欣然，那么洒脱
面带微笑走了，离开了我…

母亲- 母亲- 母亲-

天空

金胜钟 诗/ 黄春玉 译

父亲
父亲
我可敬的父亲
您撑起了苍穹白云
为的是他人，为的是他人
那么真诚，那么干脆
数千朵，数万朵…

父亲
父亲
我思念的父亲
您从未撑起苍穹白云
因为是自己，因为是自己
那么无私，那么利落
潇潇洒洒走了，离开了我…

父亲- 父亲- 父亲-

黎明

金胜钟 诗/ 文光浩 译

母亲哟

我的母亲

您曾为了别人

那么执着地敲响了

数千次钟声…

母亲哟

我的母亲

您却未曾敲响过一次

只为您自己的钟声

而离我们远去…

我的母亲哟–

天空

金胜钟 诗/ 文光浩 译

父亲哟
我的父亲
您曾为别人
那么虔诚地铺开了
数千万片天空…

父亲哟
我的父亲
您却未曾带走
一片
属于您自己的天空…

我的父亲哟–

清 晨

金胜钟 诗/ 金浩植 译

妈妈

妈妈

妈妈您为他人

敲了数千次

数万次的钟…

妈妈

妈妈

妈妈您却为自己

一次钟也没有敲

妈妈您就那样那样走了

最美丽的天堂…

啊- 妈- 妈-

天

金胜钟 诗/ 金浩植 译

父亲

父亲

父亲是为他人开创了数千数万次的神圣的天空路…

父亲

父亲

父亲是为自己一寸天空也没那走了

就这样这样走上了美丽的天堂…

啊- 父- 亲-

子夜

金胜钟 诗/ 李春烈 译

母亲啊

母亲啊

母亲您

无数次 无数次

敲响过为他人的钟…

母亲啊

母亲啊

母亲您

却从未敲响过一次

为自己的钟 便就此离去…

啊啊- 母- 亲-

天空

金胜钟 诗/ 李春烈 译

父亲啊

父亲啊

父亲您

曾悉心地为他人展开数千数万片神圣的天空…

父亲啊

父亲啊

父亲您

却从未将一片天空留给自己便就此离去…

啊啊– 父– 亲–

黎明

金胜钟 诗/ 崔勇 译

妈妈

妈妈

妈妈

为别人做奴隶

那样

你打了我几千万次...

妈妈

妈妈

妈妈

为自己做奴隶

一次也没打，就走了…

妈- 妈- 啊-

天空

金胜钟 诗/ 崔勇 译

爸爸

爸爸

您给别人的天空

那样

成千上万的圣洁被你赐予了...

爸爸

爸爸

您为自己而上的天空

连一根手指都没有带走，还是带走了…

父- 亲- 啊-

清晨

金胜钟 诗/ 金正洙 译

妈妈

妈妈

妈妈

为了别人的钟

就那样 就那样

数 千 万 次 敲 打

敲打过...

妈妈

妈妈

妈妈

为了自己钟

连一次都没打过

没打就走了呀...

妈– 妈– 呀–

天

金胜钟 诗/ 金正洙 译

爸爸

爸爸

爸爸

为了别人的天

就那样 就那样

神圣地

展示出千万缕...

爸爸

爸爸

爸爸

为了自己的天空

连一缕都没带走

没有带走呀...

爸- 爸- 呀-

晨

金胜钟 诗/ 石文周 译

母亲
母亲
我的母亲
您就是
这样
这样…
为别人敲响的钟
千万次啊
千万次啊…

母亲
母亲
我的母亲
您就是
这样
这样
为自己没有敲打过
一次钟啊
一次钟啊…
故去的

母一亲一啊！

天

金胜钟 诗/ 石文周 译

父亲
父亲
我的父亲
您就是
这样
这样
为别人拓展的圣天
千万片**啊**
千万片**啊**…

父亲
父亲
我的父亲
您就是
这样
这样
为自己没有拓宽过
一片天**啊**
一片天**啊**…

故去的
父一亲一啊！

凌晨

金胜钟 诗/ 崔化吉 译

妈妈

妈妈

妈妈呀

您为他人

用心敲响了

数千·数万次钟…

妈妈

妈妈

妈妈呀

而唯独

没有为您自己

敲响一次

却告终…

妈– 妈– 呀–

一片天

金胜钟 诗/ 崔化吉 译

爸爸

爸爸

爸爸呀

为他人的一片天

您是那么

认真地

舒展

数千数万次…

爸爸

爸爸

爸爸呀

而唯独

没有舒展过

您自己的一片天

却远走不回…

爸- 爸- 呀-

凌晨

金胜钟 诗/ 李海兰 译

妈妈
妈妈,
您为别人敲响的钟声
数千次数万次…

妈妈
妈妈,
您却未来得
及为自己敲响钟声
就那样悄悄地离开了我们…

妈- 妈-

天空

金胜钟 诗/ 李海兰 译

爸爸
爸爸,
您为别人顶的天一幅又一幅...

爸爸
爸爸,
您给自己遮的天
却无一条一瞬
就那样无怨无悔地离开了我们...

爸- 爸-

清晨

金胜钟 诗/ 李相学 译

母亲
母亲
母亲
您给他人敲响了
无数次
数以万计的钟声…

母亲
母亲
母亲
您却一次也没有
为自己敲响过钟声
丛丛离开了我们…

啊，我亲爱的母亲--

天

金胜钟 诗/ 李相学 译

父亲
父亲
父亲
您用一生为他人开辟了成千上万片五彩缤纷的天空…

父亲
父亲
父亲
您离我们而去时却没有带去属于自己的一片天空…

啊，我亲爱的父亲--

拂晓

金胜钟 诗/ 玄青花 译

母亲
母亲
母亲为了他人
敲过无数次的钟...

母亲
母亲
母亲至死
从未给自己
敲过一次钟...

母--亲--

天空

金胜钟 诗/ 玄青花 译

父亲
父亲
父亲给别人
打开了数千万片的天空...

父亲
父亲
父亲至死
从未拥有过
自己的天空...

父--亲--

早晨

金胜钟 诗/ 韩春玉 译

母亲
母亲
您是
为了他人打响了
千万多次
数不清的鼓…

母亲
母亲
可是您为自己
一次也没打响
就走了…

母-亲-！

天

金胜钟 诗/ 韩春玉 译

父亲
父亲
您是
为了别人
千辛万苦
诚心诚意
展开了天…

父亲
父亲
您是
没有自己
留一点点
天空就走了…

父-亲-！

黎明

金胜钟 诗/ 黄英兰 译

母亲
母亲
母亲是
为他人
敲响了数万次钟声…

母亲
母亲
母亲是
而为自己却
从未敲响过就离开了...

啊－， 母亲－

天空

金胜钟 诗/ 黄英兰 译

父亲
父亲
父亲是
为他人撑起一片天…

父亲
父亲
父亲是
而为自己不带走一丝云彩…

啊-, 父亲-

凌晨

金胜钟 诗/ 金承光 译

母亲

母亲

母亲是

为别人

那样地那样地

数千万次数千万次

敲响过钟声…

母亲

母亲

母亲是

从未

为自己

敲响过钟声

就匆匆地走了…

母亲-

天空

金胜钟 诗/ 金承光 译

父亲
父亲
父亲是
为别人
那样神圣地
神圣地
展开过成千上万个天空…

父亲
父亲
父亲是
从未为自己展开过
属于自己的一片天空…

父亲–

清晨

金胜钟 诗/ 朴春月 译

母亲

母亲

母亲

您为他人的晨钟

那么的 那么的

敲了数千万遍数千万遍…

母亲

母亲

母亲

您为自己的晨钟

从未敲过却离开了…

母-亲-

上天

金胜钟 诗/ 朴春月 译

父亲

父亲

父亲

您为了他人的上天

那么的那么的

诚心诚意撕开了数千数万缕的天…

父亲

父亲

父亲

您为了自己的天

却一缕也未攥着就离开了…

父– 亲一

黎明

金胜钟 诗/ 姜丽 译

母亲
母亲
母亲啊
为了别人那样的那样的
敲了个儿千万次的钟...

母亲
母亲
母亲啊
却为自己没敲过一次的钟
就走了...

母- 亲- 啊-

天空

金胜钟 诗/ 姜丽 译

父亲
父亲
父亲啊
为别人的天空
那样的那样的
数千丝数万丝神圣地圣神地
为它人实现...

父亲
父亲
父亲啊
自己的天空呢
却一丝也没拿就走了…

父- 亲- 啊-

黎明

金胜钟 诗/ 申永男 译

妈妈

妈妈

妈妈

为别人的钟

那样

打了我几千万次…

妈妈

妈妈

妈妈

为自己的钟

一次也没打，就走了…

亲爱的亲爱的

老- 妈- 啊-

天

金胜钟 诗/ 申永男 译

爸爸
爸爸
您是
给别人的天
每天 每年
宽宏大量做善事…

爸爸
爸爸
您是
为自己的事一片也没有
静悄悄地空手走上天…

亲爱的亲爱的
老- 爸- 啊-

晨曦

金胜钟 诗/ 金红梅 译

母亲
母亲
母亲你
曾为别人敲打
如此之多
数千万次，数千万次的钟⋯

母亲
母亲
母亲你
却不曾为自己
敲打一次钟，哪怕是一次也没有⋯

母– 亲– 呵–

天空

金胜钟 诗/ 金红梅 译

父亲

父亲

父亲您

如此神圣地

为别人撑开了

数千数万个天空…

父亲

父亲

父亲您

却未曾为自己

带走一片云朵…

父- 亲- 呵-

晨曦

金胜钟 诗/ 崔银福 译

妈妈啊
妈妈
您为了他人敲响起无数次的钟声...

妈妈啊
妈妈
可您
却从未为了自己敲响一次钟声
就这么离我们而去...

妈-妈-

天空

金胜钟 诗/ 崔银福 译

爸爸啊
爸爸
您为了他人撑起数千数万次的美妙天空…

爸爸啊
爸爸
可您
却从未撑起属于自己的一片天空…

爸-爸-

黎明

金胜钟 诗/ 金昌善 译

母亲
母亲
您为了他人
曾经那么多次那么多次
曾经敲击了数千次数千次的钟...

母亲
母亲
您却为自己
就连一次都不曾敲响过就连一次都没有敲响过...

母一 亲一

天

金胜钟 诗/ 金昌善 译

父亲
父亲
父亲曾
为他人撑起了一片天
他是那样那样的
神圣地撑起了成千上万个
神圣地撑开了…

父亲
父亲
父亲曾
为自己的一片天
却不曾不曾撑开哪怕是一个支撑…

父一 亲一

晨曦

金胜钟 诗/ 金春月 译

母亲
母亲
妈妈呢
为别人服务的仆人
那样也那样也
数千万次 打了数千万次...

母亲
母亲
妈妈呢
为了自己的仆人
一次也没有，一次也没有，就走了...

母-亲-啊

苍穹

金胜钟 诗/ 金春月 译

父亲大人
父亲大人
父亲是
为他人着想的天空
那样也那样也
数千数万神圣地铺开...

父亲大人
父亲大人
父亲是
为了自己的天空
连一角都没有，没有，拿走了……

父-亲-啊

晨曦

金胜钟 诗/ 太花 译

母亲
母亲
母亲是
为别人服务的仆人
那样也那样也
数千万次 打了数千万次...

母亲
母亲
妈妈呢
为了自己的仆人
一次也没有，一次也没有，就走了...

母亲大人...

苍空

金胜钟 诗/ 太花 译

父亲大人
父亲大人
父亲是
为他人着想的天空
那样也那样也
数千数万神圣地铺开...

父亲大人
父亲大人
父亲是
为了自己的天空
连一角都没有，没有，拿走了...

父亲大人...

蒙古文译诗，藏文译诗，维吾尔文译诗，哈萨克文译诗，阿拉伯文译诗篇

（撑天）

（晨钟）

（金胜钟，朝鲜族，诗人）诗

（华玉，蒙古族，教授）蒙古文诗译

联系电话：13904481812

（注）

（金胜钟简介）（华王，蒙古族，蒙古文译）

晨钟

诗/ 金胜钟

妈妈
妈妈
妈妈呀
您为别人的晨钟
那样执着地敲了
数千万次数千万次

妈妈
妈妈
妈妈呀
您却从也未
为自己敲过一次
就那样地走了

妈妈呀——

撑天

诗/ 金胜钟

爸爸
爸爸
爸爸呀
您为别人撑天
那样执着那样真诚
撑了数千万片天

爸爸
爸爸
爸爸呀
您却从也未
为自己撑过半片天
就那样地走了

爸爸呀

تاڭعى دابىل

شىڭگىر،

شىڭگىر،

شىڭگىرتاي

باسقالارعا قاققانداي

تاڭنىڭ ەرتە دابىلىن .

ءتوزىپ قايسار قالپىڭمەن

قاقتىڭ ونى تاعى مىڭ.

شىڭگىر

شىڭگىر

شىڭگىرتاي

ءوزىڭ ءوشسەن

ءبىر رەت قاقپادىڭ .

سودان ارى اتتاندىڭ.

قايران، شىڭگىم -اي.

（金胜钟，朝鲜族，诗人）诗

(孟克浩日娃，蒙古族，民歌收集家)蒙古文诗译

تەر هۆل

ئاۋ
ئاۋ
ئاۋتاي

تەر هۆي بوپ باسقاننىڭ
ادالدىقىن كۆپتۈردىك
كۆپتۈرۈپ ھەل اسپاننىن.

ئاۋ
ئاۋ
ئاۋتاي

ئوزىنىڭ ئۇشسىن شۈۋدە ھ سۈتۈي،
ئاۋ باردىك، قارا اسپانىم تۆسىگۈند ھي

ئاكمال ئاگىم –اي.
ئودارەان: ءبى–حاميت نۇربازار ئۇلى

（金胜钟，朝鲜族，诗人）诗
(孟克浩日娃，蒙古族，民歌收集家)蒙古文诗译

(金胜钟,朝鲜族,诗人)诗, (澎·美东间,藏族,书法家)藏文诗 译

ཞོགས་པ་དུང་ཆེན།

ཅན་ནཻ་གི་རོ།

ཨ་མ་དང་ཨཱ། ག་གི་གཞན་གི་ཞོགས་དུས་ཆེན་དང་འཛིན་ཆགས་ཀིས་རང་ཞི་ཆེན་གི་ཐེངས་མང་ཞེ་ང་པ་ཨ་མ་དང་ལ་ཨ།
ཁེ་རོ་ཁང་རང་ཉིད་ཀི་དང་ཆེན་གཏང་གི་ཐེ་ཞི་རེ་མ་ཐེང་ར་ས་ཨ་མ་འི་ཨང་།

晨钟

金胜钟

妈妈

妈妈

妈妈呀

您为别人的晨钟

那样执着地敲了

数千万次数千万次

妈妈

妈妈

妈妈呀

您却从也未

为自己敲过一次

就那样地走了

妈妈呀一

86

(金胜钟,朝鲜族,诗人)诗, (澎·美东间,藏族,书法家)藏文诗 译

ཕུན་ཚ

ན་ཅན་གི་ཁ

ཕ་མ་ཉིན་གྱུ་ག་གི་ག་འི་འཇན་ད་དང་དེ་ཚོམ་དང་ད་ད་ལ་ཁྱེ་ཐམ་མས་ར་དག་ལ་ན་ལ་ད་ད་ཁ་ད་ད་པ་ད་ས་ཐུ
ཨ་ད།
འཇག་ལ་ད་ཁ་གི་ནས་པད་ར་དག་ཆེད་ད་མས་ཁ་ལ་ག་ད་ས་མོ་སོ་ར་ད་ལ་ང་འ་བ་ན།

撑天

金胜钟

爸爸
爸爸
爸爸呀
您为别人撑天
那样执着那样真诚
撑了数千万片天

爸爸
爸爸
爸爸呀
您却从也未
为自己撑过半片天
就那样地走了

爸爸呀一

ئاڭ ئاتتى

جىن شىڭجوڭ

(金胜钟，朝鲜族，诗人)诗
(中国 新疆A，维吾尔族)维吾尔文诗 译

ئانا

ئانا

ئانا

سىز باشقىلار ئۈچۈن چىلىپ باققانمۇ

تۆۋەن مىليون قېتىم

مېڭ ئىچىچ يۈز مېڭ قېتىم سالقىت

ئانا

ئانا

ئانا

سىز ئۆزىڭىز ئۈچۈن

بىر قېتىممۇ چىلىپ باقمىغان

قوڭغۇراق چىلىنمىغان

ئانا

ئاسمان

جىن شېڭجوڭ

(金胜钟，朝鲜族，诗人)诗
(中国 新疆A,维吾尔族)维吾尔文诗 译

ئاتا

ئاتا

ئاتا

سىز شۇنداق سۆمسىملىك بىلەن

سۆمسىملىك بىلەن ئېچىلدى

چاقنىڭ ئاسمىنى

ئاتا

ئاتا

ئاتا

سىز ئۆزىڭىز ئۈچۈن

بىر پارچمۇ ئېلىپ كەتمىدىم

بىر پارچ ئاسمان

ئاتا–ئانا

تاڭعى دابىل

(金胜钟，朝鲜族,诗人)诗
(尼合买提·胡山，哈萨克族，导演)哈萨克文诗 译

شاط شاط،شىڭىلداي

شاط شاط،شىڭىلداي

شىڭىلداي-تاي

باسقالارعا قاققانداي

تاڭنىڭ داۇلى دابىلىن

ءتوزبىپ قايسار قالپىمەن

قاقتىڭ ونى تاعى مەن.

شاط شاط

شىڭىلداي

شىڭىلداي

شىڭىلداي-تاي

ءوزدىك ءوشسىن

ءبىر رەت قاقپادىڭ

سودان ارى اتتاندىڭ.

قايران، شىڭىلداي -اي.

تىرشىلىك

(金胜钟，朝鲜族，诗人，)诗
(尼合买提·胡山，哈萨克族，导演)哈萨克文诗 译

گۇل
گۇل
گۇلتاي
تىرشىلىك بوپ باسقانىڭ
ادالدىقتان كوڭىردىڭ
كوڭىلدەن ەل اسپانىن

گۇل
گۇل
گۇلتاي
ءوزىڭ ءۇشىن شىقساڭ دا سەزىمدى
كىم باردىڭ، قارا اسپانىم تۇسكەندە ءي
اڭعال اگىم -اي.

اۋدارعان: ءبى-حاميت نۇربازار ۇلى

91

جرس الصباح

كيم سونغ جونغ

(金胜钟，朝鲜族，诗人)诗
(天图·文白林，阿拉伯族)阿拉伯文诗 译

امي
امي
امي
أنت جرس الصباح لشخص آخر
لقد طرقته بإصرار شديد
عشرات الملايين من المرات ، عشرات الملايين من المرات

امي
امي
امي
أنت أبدا
طرقت مرة واحدة لنفسك
مشى للتو بعيدا

امي

تمسك بالسماء

كيم سونغ جونغ

(金胜钟，朝鲜族，诗人)诗

(天图·文白林，阿拉伯族)阿拉伯文诗 译

أب

أب

ربايا

أنت تدافع عن الآخرين

مثابرة جدا ، مخلصة جدا

استمرت عشرات الملايين من الأيام

أب

أب

ربايا

أنت أبدا

البقاء على قيد الحياة لمدة نصف يوم

مشى للتو بعيدا

ربايا

조선말 사투리시 두수

새벽

김승종

어마이
어마이
어마이님은
온 바빡골네 사투리툰 거시기들 위한 놋쇠종을,
여엉 써거지게 여엉 써거지게 쳐답쌔겨 주구스리
수태 천번 수태 만번 쳐댔쑤꾸매...

어마이
어마이
어마이님는
본디 자신의 흰 저고리와 몸뻬를 위한 놋쇠종은,
단 한 개비도 단 한 개비도 아니 쳐답쌔이구스리
만리창공으로 훨훨 니엿니엿 떠나갔쩸껴...

어— 마— 이—

하늘

김승종

어버이
어버이
어버이님은
온 버빡골네 사투리툰 거시기들 위한 하늘을,
여엉 써거지게 여엉 써거지게 펼쳐 주구스리
수태 천 자락 수태 만 자락 펼쳐 줬댔쑤꾸매...

어버이
어버이
어버이님는
본디 자신의 흰 저고리와 몸뻬를 위한 하늘,
단 한 자락도 단 한 자락도 아니 갖구스리
만리창공으로 훨훨 니엿니엿 떠나갔쩸껴...

어ㅡ 버ㅡ 이ㅡ

Morning Bell

金勝鐘(shengzhongkim)詩/ 金旭(xukim) 英譯

Mother!
Mother!
Mother!
You rang the morning bell for others
You've been ringing it so persistently
Tens of millions of times

Mother!
Mother!
Mother!
But you've never
rang the morning bell for yourself.
You just left like that.

Mother!

Hold up the sky.

金勝鐘（shengzhongkim）詩/ 金旭（xukim）英譯

Dad!
Dad!
Dad!
You hold up the sky for others
You held up the sky for tens of millions of people with
such persistence and sincerity.

Dad!
Dad!
Dad!
But you never held up the sky for yourself.
You just left like that.

Dad!

朝鐘

金勝鐘 詩/ 金学天 日譯

お母さん
お母さん
お母さんは
他の人のための朝の鐘を
あんなに執拗に叩いてくれました
数千万回も数千万回も…

お母さん
お母さん
お母さんは
自分のための鐘は
たった一回も叩いたことなく
そのままそのまま去られました…

お母さん－

天空

金勝鐘 詩/ 金学天 日譯

お父さん
お父さん
お父さんは
他の人のために天空を支えました
そんなに誠実に執着して
無数の日を支えてくれました…

お父さん
お父さん
お父さんは
自分のための天空は
持たないまま去られました…

お父さん−

夜明け

キム・スンジョン 詩/ 南鉄心 日譯

お母様
お母様
お母様は
人のための鐘を
そんなにも そんなにも
数えきれないほど鳴らしてくださいました…

お母様
お母様
お母様は
自分のための鐘を
一度も鳴らさず、鳴らさず
行かれてしまいました…

おーかーあーさーまー

空

キム・スンジョン 詩/ 南鉄心 日譯

お父様
お父様
お父様は
人のための空を
そんなにもそんなのも
数えきれないほど神々しく
広げてくださいました…

お父様
お父様
お父様は
自分のための空を
一筋さえ持たずに行かれてしまいました…

おーとーうーさーまー

夜明け

キム・スンジョン / 钟文 日譯

お母さん
お母さん
お母さんの
他者のためのしもべ
だからだからそう
お前は何千万回も俺を殴った…

お母さん
お母さん
お母さんの
自分のための鐘
彼は一度も打たなかった、一度も打たなかった、打たなかった…

あーあ，私のお母さん…

天国

キム・スンジョン / 钟文 日譯

お父さん
お父さん
お父さんは
他人のための天
あれも
数千の数万の子が聖く聖なる光を広げてくれました…

お父さん
お父さん
お父さんは
自分のための天
片断も持たず、持たず行ってしまいました…

あーあ，　私のお父さん…

夜明け

キム スンジョン

朴 銀姫 訳

お母さん
お母さん
お母さんは
人のための鐘を
あんなに数千万回と
数千万回と 鳴らしました一

お母さん
お母さん
お母さんは
自分のための鐘は
たった一回も 鳴らしたことが無く
鳴らしたことが無く あの世に行きました

おーかーあーさーんー

天
キム スンジョン
朴 銀姬 訳

お父さん
お父さん
お父さんは
人のための天
それほど 聖なる
聖なる天を広げてくれました一

お父さん
お父さん
お父さんは
自分のための天
だった一寸も 持たずに
持たずに あの世へ 行きました

おーとーおーさーんー

夜明け　　キム スンジョン
　　　　全紅女 訳

お母様
お母様
お母様は

他人のための鐘を
あんなに数千万回
数千万回 鳴らされました—

お母様
お母様
お母様は
自分のための鐘は
たったの一度も鳴らさず
鳴らさず 鳴らされました—
おー母ー様ー

空

竹林 キムスンジョン

全紅女 訳

お父様

お父様

お父様は

他人のための空

あんたに誠心誠意

誠心誠意広げてくださいました一

お父様

お父様

お父様は

自分のための空

たったの一枚の裾すら持たず

持たず去らされました一

お一父一様一

Утренний колокол

金勝鐘(Диньшэнчжун)詩/
金旭(Диньсюй)俄譯

Мама.!
Мама.!
Мама.!
Ты звонила в утренний колокол для других.
Ты звонила в него так настойчиво.
Десятки миллионов раз.

Мама!
Мама!
Мама!
Вы никогда не звонили в утренний колокол для себя.
Ты просто так ушла.

Мама.!

Держись за небо.

金勝鐘(Диньшэнчжун)詩/
金旭(Диньсюй）俄譯

Папа!
Папа!
Папа!
Ты держал небо для других.
Ты был так настойчив и искренен.
Ты удержал десятки миллионов ку сочков неба.

Папа!
Папа!
Папа!
Ты никогда не держал половину не ба для себя.
Ты просто так ушел.

Папа!

가사 및 노래篇

새벽(노래말)

김승종

자애로운 어머님 죽림동 어머님
그 언제나 어머님께선 항상 새벽과 동무했습니다
어머님 어머님 죽림동 어머님
남들을 위한 종을, 남들을 위한 종을
그 그렇게도 수천만번 수천만번 쳐주셨지요
아,~ 수천만번 종쳐주신 죽림동 어머님
그 언제나 어머님께선 항상 새벽과 동무했습니다

자애로운 어머님 죽림동 어머님
그 언제나 어머님께선 항상 새벽과 동무했습니다
어머님 어머님 죽림동 어머님
자신을 위한 종은, 자신을 위한 종은
단 한번도 아니 치고 아니 치고 떠나가셨지요
아,~ 빈손으로 떠나가신 죽림동 어머님
그 언제나 어머님께선 항상 새벽과 동무했습니다

어ㅡ 머ㅡ 님ㅡ...

하늘(노래말)

김승종

다정다감하시던 아버님 죽림동 아버님
그 언제나 아버지께선 항상 성스러운 사나이였습니다
아버님 아버님 죽림동 아버님
남들을 위한 하늘, 남들을 위한 하늘
그 그렇게도 찬란하게 만리 창공 펼쳐쳐주셨지요
아,~ 만리 창공 펼쳐주신 죽림동 어버님
그 언제나 아버님께선 항상 성스러운 사나이였습니다

다정다감하시던 아버님 죽림동 아버님
그 언제나 아버님께선 항상 성스러운 사나이였습니다
아버님 아버님 죽림동 아버님
자신을 위한 하늘, 자신을 위한 하늘
단 한 자락도 아니 갖고 빈손으로 떠나가셨지요
아,~ 빈손으로 떠나가신 죽림동 아버님
그 언제나 아버님께선 항상 성스러운 사나이습니다

아ㅡ 버ㅡ 님ㅡ...

111

죽림동 어머니·1 (노래말)

김승종

다정한 어머니 나의 어머니
성스러운 종을 치신 죽림동 어머니
한평생 한평생 종을 쳐주셨네
한평생 한평생 종을 쳐주셨네
남들을 위해 한평생 바쳤네
아,─ 어머니 그 영상 오늘도 비껴오네
오늘도 죽림동 어머니 그립습니다...

다정한 어머니 나의 어머니
성스러운 종을 치신 죽림동 어머니
한평생 한평생 종을 쳐주셨네
한평생 한평생 종을 쳐주셨네
자신을 위해 종은 없었다네
아,─ 어머니 그 영상 오늘도 비껴오네
오늘도 죽림동 어머니 그립습니다...

죽림동 아버지·1(노래말)

김승종

그리운 아버지 나의 아버지
천만리 창공 펼친 죽림동 아버지
한평생 한평생 하늘 펼쳐주셨네
한평생 한평생 하늘 펼쳐주셨네
남들을 위해 한평생 바쳤네
아,— 아버지 그 영상 오늘도 비껴오네
오늘도 죽림동 아버지 그립습니다...

그리운 아버지 나의 아버지
천만리 창공 펼친 죽림동 아버지
한평생 한평생 하늘 펼쳐주셨네
한평생 한평생 하늘 펼쳐주셨네
자신을 위한 하늘은 없었다네
아,— 아버지 그 영상 오늘도 비껴오네
오늘도 죽림동 아버지 그립습니다...

죽림동 어머니·2(노래밀)

김승종

죽림동 시골 마을에서 한평생 살아오시면서
별을 이고 달을 지고 일만 하시며 새가정 꾸리셨네
부모 사랑 자식 사랑 넘쳐나고
자식 출세 시키려고 몸 바치면서
일년내내 땀방울이 마를새없이 살아 왔습니다...
아, ― 어머니 죽림동 어머니
오늘도 그리며 이 노래 불러 드립니다
이 노래 불러 드립니다...

죽림동 시골에서 한평생 살아오시면서
강을 건너 령을 넘어 일만 하시며 새가정 꾸리셨네
마을 사랑 촌민 사랑 온 마을 부흥 시키려고 몸 바치면서
일년내내 땀방울이 마를새없이 살아왔습니다...
아, ― 어머니 죽림동의 어머니
오늘도 그리며 이 노래 불러 드립니다
이 노래 불러 드립니다...

죽림동 아버지·2 (노래말)

김승종

죽림동 시골 마을에서 한평생 살아오시면서
별을 이고 달을 지고 일만 하시면서 새가정 꾸리셨네
부모 공덕 자식 등대 빛쳐주고
자식 앞날 펼쳐주려고 몸 바치면서
일년내내 땀방울이 마를새없이 살아 왔습니다...
아, — 아버지 죽림동의 아버지
오늘도 그리며 이 노래 불러 드립니다
이 노래 부릅니다...

죽림동 시골 마을에서 한평생 살아오시면서
강을 건너 령을 넘어 일만 하시며 새가정 꾸리셨네
마을 선줄군 촌민 도감 몸 바치면서
온 마을 부흥 시키려고 몸 바치면서
일년내내 땀방울이 마를새없이 살아 왔습니다...
아, — 아버지 죽림동의 아버지
오늘도 그리며 이 노래 불러 드립니다
이 노래 부릅니다...

죽림동 어머니

김승종 작사
손춘남 작곡

죽 림 동 시 골 에 서 태 여 나 서 시 골 에
죽 림 동 시 골 에 서 태 여 나 서 시 골 에

살 면 서 땀 흘 리 고 별 빛 울 이 고 달 맞 으 며
살 면 서 땀 흘 리 고 강 건 너 다 락 밭 부 치 면 서

새 가 정 을 꾸 리 며 살 았 어 요
허 리 굽 히 고 살 았 어 요

부 모 사 랑 자 식 사 랑 넘 쳐 나 고 자 식 공 부 시 키 려 고
아 래 마 을 웃 마 을 돌 보 면 서 사 랑 의 손 길 을

몸 다 하 시 며 일 년 내 내 땀 방 울 이
보 내 시 며 궂 은 일 좋 은 일

식 을 새 없 이 살 아 왔 어 요 아
가 리 지 않 고 살 아 왔 어 요 아

아 어 머 니 죽 림 동 어 머 니 오

늘 도 그 리 며 이 노 래 부 릅 니

다 이 노 래 부 릅 니 다

죽림동 아버지

김승종 작사
손춘남 작곡

그 리운아버 지 나 의 아버 지
그 리운아버 지 나 의 아버 지

일 밖에모르 는 자애로운아버 지
일 밖에모르 는 자애로운아버 지

모 든고 생 다 하시 며
푸 른하 늘 떠 이 고

자 식위 해 몸 바치 시 고
일 해오 신 아 버 지

이 가정을위 해 평 생을바쳤 네
순 박한맘으 로 살 아오신아버 지

아 버지그 영 상 지 금도비 껴오 네

죽 림동아버 지 그 립 습니 다

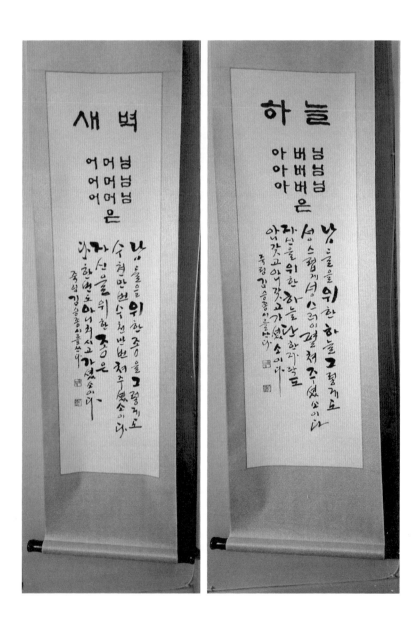

아버님아버님아버님은남들을위한하늘그렇게도
그렇게도수천수만자락성스럽게성스러이펼쳐주
셨소이다아버님아버님은자신을위한하늘
간한자락도아니갖고가셨소이다아버님

김응중시한남시갑진년여름쓰면김진홍서

어머님어머님어머님은남들을위한종을그렇게도
그렇게도수천만번수천만번쳐주셨소이다어머님
어머님어머님은자신을위한종을간한번도아니치
시고아니치시고가셨소이다어머님

김응중시한남시새벽갑진년여름쓰면김진홍서

119

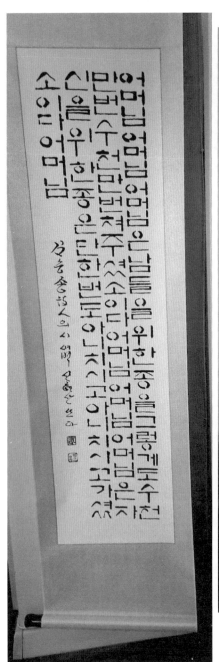
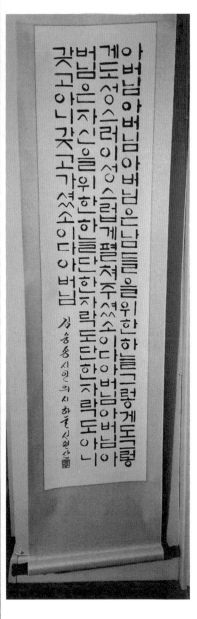

母親母親您為他人敲響書過千百萬次
千百萬次的鐘母親母親您為自己哪怕一次都
未敲響過未敲響過鐘母親

金勝鐘詩人詩篇鐘甲鈇山志

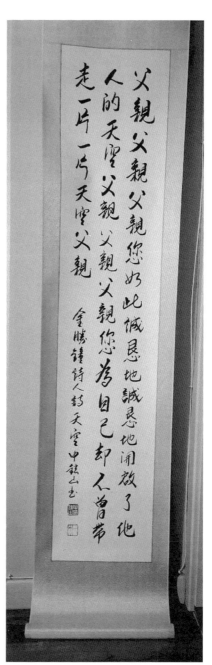

父親父親父親您如此誠懇地誠懇地闖敲了他
人的天空父親父親父親您為自己卻不曾帶
走一片一片天空父親

金勝鐘詩人詩天空中鈇山志

121

새
벽

김승종

어머님은,
남들을 위한 종을
수천 청종 수만 청종 쳐주셨고…

어머님은,
자신을 위한 종을
단 한번도 단 한번도 아니 치고 떠나셨고…

어머님—

디자인/라단

하늘

김승종

아버님은,
남들을 위한 하늘
수천 자락 수만 자락 펼쳐주셨고…

아버님은,
자신을 위한 하늘
단 한자락도 단 한자락도 아니 갖고 떠나셨고…

아버님—

디자인/라단

새벽

김승종诗/류재학摄

어머님은
남들을 위한 종을
수천 청종 수만 청
종 쳐주셨고..

어머님은
자신을 위한 종을
단 한번도 단 한번
도 아니 치고 떠났
고..

어머님—

하늘

김승종诗/류재학摄

아버님은
남들을 위한 하늘
수천 자락 수만 자
락 펼쳐주셨고..

아버님은
자신을 위한 하늘
단 한자락도 단 한
자락도 아니 갖고
떠났고..

아버님ㅡ

125

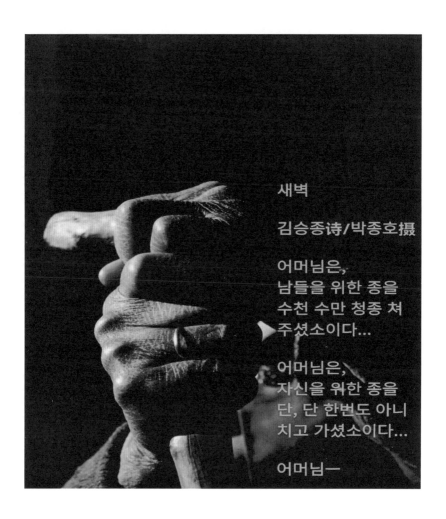

새벽

김승종诗/박종호摄

어머님은,
남들을 위한 종을
수천 수만 청종 쳐
주셨소이다...

어머님은,
자신을 위한 종을
단, 단 한번도 아니
치고 가셨소이다...

어머님—

하늘

김승종诗/박종□□

□□님은,
□□들을 위한 하늘
□□□수만 자락 펼
□□□□이다...

□□□님은,
□□□을 위한 하늘
단, 단 한자락도 아
니 갖고 가셨소이□
다

아버님

어머님은,
남들을 위한 장단
수천만 가락 쳐주셨
소이다...

어머님은,
자신을 위한 장단
단 한번도 아니 치
시고 가셨소이다...

어머님—

*정진 画/김승종 詩

아버님은,
남들을 위한 하늘
수천만 자락 펼쳐주
셨소이다...

아버님은,
자신을 위한 하늘
단 한자락도 아니
갖고 가셨소이다...

아버님—

*정진 画/김승종 诗

새벽(사투리(詩))

김승종

어마네는 온 바빡골
위한 놋쇠종 써거지
케 천만번 쳐답쌔겨
주구스리..

어마네는 본디 몸뻬
위한 놋쇠종 한번도
아니 답쌔기고 떠났
고..

어마네—

명동학교에서

하늘(사투리詩)

김승종詩 황영화攝

아부제는 거시기들
위한 하늘 천만자락
써거지게 펼쳐 줬고

아부제는 본디 흰
저고리 위한 하늘
단한자락도 아니 갖
고 떠났고.

아부제―

● ● ● 　 　 ● ● ● 　 　 ● ● ●

~미래는 너희들에게…

외손녀 李青韓

혈연의 정은 영원히 흐를 것이다…

외손자 李青航

시 "새벽", 시 "하늘" ~ 詩評篇

김현순 시인, 평론가 시평:-

<새벽>과 <하늘>에 비낀 배달겨레의 넋

한생을 자신보다 세상을 배려하는 고매한 넋이 빛발 치는, 한편의 교향시라고 할 수 있겠다. 장황한 편폭보다 소박하고 간결한 언어로, 심성의 절규를 "종"과 "하늘"이라는 시적상관물 통하여 어머니와 아버지의 일생을 이미지화로 펼쳐 보인 작품이다.

배려와 사랑으로 충만 된 부모님에 대한 격정 높은 찬미로서 애절한 그리움을 격정 높은 영탄으로 또한 역시 더 한층 끌어올리고 있다.

수식과 해석을 거세하고 요점(절제美)만 딱 틀어쥐고 정감을 읊조렸기에 가슴 찡 맞혀오는 느낌 또한 최상의 극치를 이루는 秀作이라고 력점 찍을 수 있겠다.

가장 인간적인 우주적 메아리
— 김승종시인의 시 2수에 부처

한영남

군이 해석이 필요 없이! 김승종 시인은 우리 조선족시단의 시들 줄 모르는 송백 같은 존재이다.

그는 조선어의 어원을 더듬어가며 때론 즐겁게 때론 힘겹게 때론 희열에 넘쳐 때론 우수에 젖어 우리의 언어와 함께 희노애락을 같이해왔다.

하기에 그의 시들은 간결하면서도 함축미가 넘치고 언어 너머의 또 다른 상징적 의미를 담고 있어 오래 음미할수록 이채로워 경이로움을 금할 수 없다.

오늘 우리가 만나게 되는 김승종시인의 2수의 시는 시인이 평소 늘 입버릇처럼 달고 사는 효정신을 새로운 언어조합으로 상징적 의미를 견인해내고 있어 주목된다.

시 <새벽>은 어머니에 대한 찬가이다. 이 세상 누구의 어머니인들 그렇지 않으랴마는 유독 김승종 시인의 붓끝에서 그려지고 있는 어머니의 형상은 오로지 타인(자식과 남편 나아가 이웃과 모르는 사람에 이르기까지)에게 모든 것을 헌신하는 우리 민족 어머니들의 고귀한 헌신정신을 구가하고 있다.

시는 지극히 절제된 언어로 남들을 위한 종은 그렇게도 많이 쳐주셨지만 자신을 위한 종은 단 한번도 치지 않으신 어머니의 고매한 덕성을 소박하면서도 절절한 시어들로 풀어내고 있다.

3련 12행으로 이루어진 시는 더 이상 함축할 수 없을 정도로 단

단하지만 이 세상에서 가장 부드럽고 아름다운 어머니들의 이미지를 보여주는 데는 전혀 모자람이 없다. 그야말로 시인의 내공이 훤히 드러나 보이는 대목이라 해야겠다.

시 <하늘>은 아버지에 대한 송가이다. 시 <새벽>과 쌍벽을 이루면서 구성, 흐름, 언어에 이르기까지 정확하게 같은 구조, 같은 의미를 풀어내고 있다. 다르다면 <새벽>에서의 <어머니>가 <하늘>에 와서는 <아버지>로 환원되고 있으며 <새벽>에서의 <종>이 <하늘>로 치환되고 있다는 점이다.

그럼에도 불구하고 이 시 역시 자신만의 당당한 울림을 내고 있어 패러디인 듯 새로운 경지를 보여주고 있다.

그야말로 금과 은처럼 각각의 운치를 자랑하고 있으며 금방울 은방울처럼 각자의 소리와 울림을 내고 있다는 것이 오로지 놀랍기만 하다.

일찍부터 모더니즘, 포스트모더니즘적인 실험시들을 쏟아내면서 세간의 주목을 받아왔던 시인은 리얼리즘적인 발상에 모더니즘적인 상징의 옷을 입혀 새로운 경지를 개척함으로써 우리 시의 새로운 가능성마저 제시하고 있어 더욱 각광을 받게 된다.

그런 의미에서 상기 2수의 시는 언제든 센터의 위치에서 서치라이트를 받아 마땅할 것이다.

림철 동시인, 평론가 시평:-

시인은 시 "새벽"에서 어머님을 노래하고 있다.

어머님은 새벽에 일어나 종을 치신다. 일생동안 남을 위하여 종을 치셨으나 자신을 위한 종은 단 한번도 아니 치시고 가셨다고 한다. 그것도 "새벽"에 일어나서 말이다. 자식을 위하여 한평생 고생하신 "어머님", "새벽"은 일종 상징이다. 갖은 인생로고를 다 겪은 어머님에 대한 상징이라고 봐야 할 것이다.

시인은 시 "하늘"에서 아버님을 "하늘"에 비유하고 있다.

아버님은 남들을 위한 하늘을 그렇게도 수천수만 자락 펼쳐주셨지만 결국은 자신 위한 하늘 단 한 자락도 아니 갖고 가셨다고 한다. "하늘" 역시 아버님에 대한 상징으로도 볼 수 있다. 오로지 자식들을 위하여 커다란 하늘을 펼쳐주었지만 결국은 본 자신은 한자락도 갖지 않고 떠나 가셨다고 설파했는데 이 역시 아버지의 인생을 비유하고 있다.

"새벽"과 "하늘"은 서로 대응을 이루면서 자식을 위한 부모님들의 인생로고를 노래하고 있다.

비록 두수의 시는 아주 짧디 짧은 시이지만 서로 쌍벽을 이루면서 어머님과 아버님을 "새벽"과 "하늘"에 비유하면서 부모님들의 자아헌신적인 인생드라마를 상징이미지로 창출해내고 있다.

이 두 수의 시는 가히 김승종 시인의 대표작이라고 볼 수 있다.

강려 시인 시평:一

　시 "새벽"에서 시어의 반복기법을 통하여 남들을 위한 종은 수천만 번 쳐 주시면서도 자신을 위한 종은 단 한번도 아니 치시고 가신 어머니의 헌신적인 삶을 "새벽"이란 사물을 빌어 상징수법으로 잘 표현했다면, 시 "하늘"도 역시 시어의 반복기법을 통하여 남들 위한 하늘은 수천수만 자락 성스러이 펼쳐주시면서 정작 자신을 위한 하늘은 한 자락도 아니 갖고 가신 아버지의 공헌적인 삶을 "하늘"이란 사물을 빌어 상징기법으로 잘 표현했습니다.

　시인 김승종 선생님만의 개성이 엿보이는 이두수의 시를 펼치면 어머니는 곧 새벽종이요 새벽종은 곧 어머니요, 하늘은 곧 아버지요 아버지는 곧 하늘임을 은유적으로 암시함을 가슴 먹먹하게 읽을수 있습니다...

김미란 아동작가 소감:一

어머니, 세 번만 불러도 언녕 코마루가 시큰해납니다.

새벽에 일어나 석찬불 피워 부엌을 오르내리며 밥짓던 엄마 모습 떠오르게 하는 "어머니" 시이네요.

오늘 아침, 제 자식 도시락 준비하면서 썩 뒤늦게야 조금이나마 깨달았습니다.

아버지 하고 속 너머 부르니, 갑자기 울컥 해나네요...

아버지는 술로, 담배연기로, 헛기침으로 늘쌍 슬픔을 날렸습니다...

자식을 위해 가족을 위해 항상 기둥이 되여주신 "아버지"에 관련된 시이네요...

두수의 시를 감상할 때 미사려구 한점 없어도 희노애락을 묵묵히 새기는 부모님들의 형상을 떠오르게 하는 데서의 역시 개성이 있는 시입니다.

앞으로 김시인님 더 큰 정진을 빌면서一

김승종   김현순

<기획조명>

죽림동 괴한~! 그를 누가 모르리…

중국 조선족시몽동인 회장 김현순

텁석부리 사내의 흔적은 어디에나 다 있다.

어려운 사람 돕기, 지나가는 사람 말 걸어보기, 밥 없이는 살아도 시 없이는 못사는 사나이, 발길 닿는 곳이면 어디든 발목 시도록 걸어보는 나그네…

가끔은 아동문학동네에도 기웃거리지만 그 족적(足跡)은 역력하

기만 하다.

"하, 글쎄 먹고 안 먹고는 딧뿌레봐야 알게 아닌교, 도야지가 좋아하는가 안 하는가는 도투굴에 딧뿌레 봐야 안당께..."

아동문학 탐구작의 성공여부를 왈가왈부 하지 말고 직접 애들더러 먼저 접촉하게 하라는 말을 해학적으로 던져 웃음바다를 만든, 그 이름도 멋스러운 김승종~!!

훈춘시에서 펼쳐진 중국 조선족아동문학탐구회의 실록 한 장면이었다.

그후 연변전역에서 가무단, 텔레비방송국, 일보사, 출판업체 모두가 자체생존의 모식에 몰입했던 시절이 있엇다.

<별나라>잡지를 경영하던 김현순이 책자의 판로를 개적하려고 화룡행을 하는 도중, 발행비용 전부를 버스 안에서 싹쓸이 당한 것도 모르고 화룡시 중소학교 영도들을 한데 모아놓고 배 두드려 가며 한때 잘 먹고 난 뒤었다 .

결산할 때에야 비로서 주머니 사정이 비어 있는 것을 발견한 김현순은 어렵사리 김승종시인에게 전화 한통을 넣았다.

"…저, 그래서 말인데요. 좀 도와줄수 있겠소이까…"

아무렴, 겨레의 역군을 키우는 잡지사 일인데 발 벗구 나서야지, 아마 이렇게 괴짜는 생각했을 것이다.

그날 회식 값을 대신 물어주고 또 노랫방에, 안마방까지, 술 취한 사람들을 한 순배 구경시키고 나니 자정도 훨씬 넘었다. 괴한은 또 김현순을 자기 집에 데려가서 재우고, 이튿날 아침에 연길로 돌아가는 티켓까지 끊어 버스에 앉혀 보냈다.

이런, 고마울 데라구야~~

그것이 계기가 되어 총각때부터 친분 있던 사이는 더욱 그 돈독함을 굳건히 다져가게 되었다.

화룡행차 한다는 소식만 접하면 연길과 화룡 거리의 가운데 토막인 투도에까지 마중 나와 함께 움직여주곤 했던 괴한 김승종~!!

"여러분~ 내 말 좀 듣조시오~!! 우리익 아동문학이 단지 한국과 조선족만의 하모니가 되어서야 쓰겠습니껴… 한국과 조선과 조선족이 함께 어우르는 아동문학이 되어야지 않겠습니껴... 그날을 위해서 건배~!!"

모아산 민속별장마을에서 거행된 <중한아동문학의 밤> 대축제에서 문득 중뿔나게 무대에 올라 마이크를 틀어잡은 괴한이었다. 영도 아닌 영도발언은 장내를 크게 뒤흔들어주었다...

매번 아동문학행사 때마다 제일 먼저 참석하여 회의장 정리 및 청소와 같은 거두매를 말없이 도맡아 하던 김승종~!! 아동문학상은 단 한 번도 타본 적 없지만 수상작품보다도 더 세상에 널리 알려진 그의 탐구작 "범은 없다", "개평방"과 같은 동시작품은 지금도 그 연구가치가 엄청 큰 것으로 낙인 찍혀 있다.

김승종, 그는 과연 누구인가. 아래 그 인생행적을 간추려 살펴보기로 하자.

본관: 김해 김씨 삼현파 익조패(반석패).

아호: 죽림(竹林)

적관: 중국 길림성 연변 화룡시 로과향 죽림촌.

1984년부터 1987년까지, 화룡시 복동진 소학교 교원 근무.

1987년부터 2005년 2월까지, 화룡시 농촌신용련합사 근무.

1998년도부터 화룡시청년시회 회장 력임.

1988년도, 국제펜클럽 한국본부 회원.

1998년 6월 26일, 연변작가협회 회원.

2007년도, 연변작가협회 제8기리사단 리사(시가창작위원회).

1999년부터 2008년까지, 화룡시 작가협회 주석 력임.

화룡시 문화예술계련합회 주관지 "청산리"잡지 발행, 시편집 담당.

<중국 조선족 이육사문학제> 만 7년간 해마다 유치활동경비 한화 천만원씩, 그후 한화 천이백만원씩 입금.

2017년도후 현재, 룡정윤동주연구회 리사, <용두레>독서회 리사.

성인시집 「보리 한알과 등록되지 않은 @와 일회용 삶」을 비롯하여 무려 네권의 시집을 펴냈으며 정지용문학상, 호미문학상, 연변조선족자치주<진달래>문예상 등 수차의 큼직큼직한 문학상을 수여받기도 한 괴짜시인 김승종~!

지금까지 총 77만자에 달하는 문학작품을 창작, 발표한 업적은 길이길이 세상에 오래 남을 일이다.

재래식 사유에서 벗어나 탈영토와 재영토의 길을 남 먼저 시도했던 괴짜시인의 그 노고, 조선족시단을 초탈하여 한민족시문학사에도 길이길이 빛뿌리게 될 것이다.

담시(談詩)적인 시인 김승종, 괴짜시인 김승종…

조선족아동문학사에서 자칫 잊혀질 번 했던 괴한 김승종시인을 다시 떠올려보는 그 감회 또한 새로운 시점이다.

김승종, 홧팅~!!

어머네와 아부제

초판인쇄 2024년 7월 10일
초판발행 2024년 7월 10일

지은이   **김승종** 金勝鍾
담당편집 목 향
펴낸이   채종준
펴낸곳   한국학술정보사
주   소 경기도 파주시 회동길 230(문발동)
전   화 031) 908 3181(대표)
팩   스 031) 908-3189
홈페이지 http://ebook.kstudy.com
전자우편 출판사업부 publish@kstudy.com
등록 제일산-115호(2000. 6. 19)

ISBN 979-11-7217-423-3 03810